햇볕에 말리면 가벼워진다

창 비
청소년
시 선
46

햇볕에
말리면
가벼워진다

정다연 시집

창비ᇹ

차
례

제1부

이건 내 비밀이야

착한 사람

네 잘못이야

다들 괜찮다는데 왜 너만 예민하게 굴어?

가서 미안하다고 사과해

엄살 좀 부리지 마

그거 가지고 상처받았다고 유난 떨지 마

웃어

착한 사람이 되려고 했더니

나에게 가장 못된 사람이 되어 있었다

내 것

이 강아지 니 거니?
밤이와 걷는데
지나가는 어른이 물었다

음
내가 답할 수는 없어서
꼬리를 흔드는 밤이에게 물었다
밤이야, 너 내 거야?

내 거야
이런 말을 들은 적이 있다
너와 가장 친한 건 나니깐
먹여 주고 재워 주고
여태까지 널 키운 건 나니깐
당연히

그런 너니깐

가끔은 완벽하게 하나가 되어 주고 싶기도 했지만
그럴 때마다 마주 잡은 손이 답답하게 느껴졌어

내 것이어서 너와 더 오래 걷고 싶은 건 아닌데
내 것이어서 네가 웃을 때 함께 웃은 건 아닌데

내 거 아니에요

고개를 갸우뚱하는 어른을 지나친다

원하는 만큼
줄이 느슨해졌다가 가까워진다

자유롭게

서로의 것이 아니라서
밤이와 나는

둘

하나가 아닌

둘

다른 사람

다른 사람을 가진다는 건 어떤 기분일까 학원비가 더 필요하다고 거짓말을 하고 처음으로 돈을 타 냈을 때의 느낌일까 그때 난 지나가는 길고양이와 눈만 마주쳐도 발가벗겨진 기분이었는데

정말 나쁜 사람이 된 것 같았는데

다른 사람이 생긴다는 건 어떤 기쁨일까 좋아하는 애와 창밖을 바라볼 때 바람에 흔들리는 나무까지도 사랑스럽게 보였던 그런 기쁨일까 세상이 이대로 망해 버려도 좋을 것 같던 그 기분

다른 사람이 생긴다는 건 어떤 슬픔일까 거짓말로 돈을 타 내고 또 타 내도 더는 아무런 감정도 들지 않을 때 이젠 자책도 기쁨도 없구나 텅 빈 주머니를 매만지며 불 켜진 집으로 돌아갈 때

덮쳐 오는 슬픈 허탈감 같은 것

오늘도 집에 안 들어와? 전화를 끊으며 엄마가 한숨을
쉰다 아빠에게 다른 사람이 생긴 것 같다 아마도

비밀

이건 내 비밀이야

아무 사이도 아닌데 한 아이가 말했다
앞으로 영원히 마주칠 일 없다는 듯이

다행히 그 말을 하고 가는 아이의 표정은
한결 가벼워진 듯했는데
나는 끙끙 앓았다
그 비밀이 무거워서

한여름에 혼자서 물이 가득 찬 어항을 옮기는 것 같았다

새어 나가면 안 되는데
실수로 깨뜨리면 안 되는데
비밀 안에서 물고기들이 평화로워야 하는데

나 때문에 잘못될까 봐
껴안고 있었다

만약 그때 널 불러 세웠다면 어떻게 됐을까?
실은 나도 너와 같은 일을 겪었어
그런데도 살고 있어
말했다면

누군가에게 비밀은
버려야 살 수 있는 거
누군가에게 비밀은
간직해야 살 수 있는 거

어느 쪽이든 덜 아픈 건 아닐 거야

취미

민서는 베란다 난간에 자꾸 서 있게 된다고 했다

까치가 두고 간 둥지나
뾰족이 솟은 별 모양을 관찰하기 위해서가 아니라

아무런 이유 없이
멍하니
서 있게 된다고

아무한테도 말하지 않았어
네가 처음이야
털어놓는 민서에게

민서야
네가 혼자서 하는 생각이
널 다치게 해?
난 네가 다치지 않으면 좋겠어

가만히 손을 뻗으며 말해 본다

저기 봐, 민서야
오늘은 고양이가 캣 타워에 앉아
창밖을 구경하고 있어
반대편 난간에는 황조롱이가 새끼를 낳았네
내일이면 조금 더 자랄 거야
꼭 우리처럼

매일
매일
하나씩 말해 주는

나만 아는 취미

가방

가방을 열다가 다 재미없어졌다

교과서 교과서 교과서
문제집 문제집 문제집

다른 걸 넣어 보고 싶어서

참새 소리를 넣었다

짹 짹 짹 짹

가방이 푸드덕 날아갈 것 같았다

이번엔 뭘 넣어 보지?

겨자씨를 몽땅 털어 보았다 잘 자라라고

고운 흙 쓸어 담고

비 오는 날 빗물도 한 접시 담았다

옥상에 올라가 햇볕도 훔쳤다

걸을 때마다

등 뒤에서 들썩이는 가방

지퍼를 열면

펑!

뭔가 펼쳐질 것 같다

비문증

눈에서 벌레가 날아다니는 것 같아
어지러워

붉게 충혈된 눈으로 엄마가 말한다

유리창에 묻은 얼룩을 닦듯
눈을 깜빡여도 보고 이리저리 굴려 봐도
사라지지 않는 눈 속의 작은 벌레

극심한 스트레스
노화
합병증
외부적 충격
원인은 다양해서 알 수가 없다고 하는데

돈 벌어야 우리 딸 대학 보내지
엄마는 오늘도 회사에 간다

혼자 남겨진 거실
눈을 감아도
퉁퉁 부은 엄마의 눈이 보인다

나만 아는 일

소매에 지퍼가 걸려
올이 풀렸다
울퉁불퉁해진 자리가 종일 신경 쓰였다
내 몸처럼 편안하던 옷이었는데

처음 가져 본 화분
물을 좋아한다고 해서
잊지 않고 주었더니
잎이 노랗게 시들어 버렸다

뭐가 문제일까?
창문도 열어 두고
빛에 잎이 탈까 봐 그늘로 옮겼는데

길어진 그림자를 밟으며
사람들을 앞서가던 아이가
바닥에 앉아 물병에 남은 물을
획획 뿌리며

아스팔트에 꽃을 그렸다

좀 더 오래 보고 싶었는데
다시 갔을 땐 흔적도 없이 말라 있었다

여기에 있었다고?
아무것도 없다고 말하는 어른을 등지고

어둠에 지워진 꽃이 있다는 걸
나만 알았다

피로

학원 끝나고 공원 벤치에 앉아 있었다

가로등에 불빛이 들어오고

그 아래로 산책하는 강아지가 지나가고

경보 시합 하며 아주머니 아저씨가 지나간다

마침내 소란 없이 조용하다

쥐 죽은 듯이

너무 조용했나

덤불 사이에서 삼색 고양이가 빼꼼 한다 새끼 고양이와
함께

잠깐의 울음소리

밤공기와 섞여 지나간다

흩날리는 벚꽃잎

얼마 남지 않은 하루

아무도 나를 부르지 않는다

나만 나를 부를 수 있어서 좋다

옆자리

네가 올지 몰라
비 맞지 않도록
옆자리에 우산을 올려 두었어

기다리는데
날개 젖은 제비나비도
쉬었다 날아가고
민달팽이도 머물다 갔어

바람이 너무 세게 불어서
날아가지 않게
내가 꼭 잡고 있었어

혹시 네가 올지 몰라
화장실도 꾹 참고 기다렸어

언제 와?
비도 그치고 날도 개고

하루 종일 햇볕만 닿아서
내 옆자리 되게 따뜻한데

제2부

그 마음은
알 것도 같아서

자장

가끔 밤이 너무나 무서울 때
세상에 나 혼자만 깨어 있는 것 같을 때
나도 모르게 스스로에게
자장

째깍째깍 초침 소리
퇴근하고 돌아온 엄마 아빠
곤하게 코 고는 소리
깨울 수는 없으니까

온몸에 열이 올라도
허기가 져도
괜찮아 괜찮아
혼자서
자장

아픈 건 다 사라질 거야
잘 견디고 있어

아무도 말해 주지 않으니까

혼자서
자장

귀신이 무서운 건 아니고
내일이 오는 게 두려운 건 아니고
아침에 들려오는 새소리가 너무
무거워서가 아니고

내 숨소리가
너무 커서

혼자서
자장

먼저

안녕, 하면
너는 안녕, 대답한다 상냥하게

뭐 하고 있어? 물어보면
도서관에 가는 중이라고 하거나
혼자서 영화를 보고 있었다고 한다

무엇을 하고 있었느냐고 되묻는 법은 없다

너는 서운해하지 않는다

내가 아파서 약속을 지키지 못해도
비밀을 말하지 않아도
며칠씩 연락이 끊겨도
깜빡 잊고 생일을 챙겨 주지 못해도
아마 서운해하지 않을 거다

나는 좀 서운하다

네가 내 생일을 잊는 게
무리하지 말고 다음에 보자고 하는 게
용건 없이는 연락하지 않는다는 게

대뜸
어디야? 보고 싶어 만나자
말한 적 없다는 게

잘 가, 하면
너는 다정하게
다음에 또 보자고 한다

뒤돌아보는 법은 없다

변기

이제부터 너랑 절교야

변기에 나를 앉혀 두고
반 친구들이 돌아가며 말했다

얼마나 그 말을 들었던지
단짝이었던 예지까지
그 말을 했을 때
더는 그 단어를 세지 않았다

종이 울리고
반 아이들이 우르르 빠져나갔다

화장실엔
변기와 나만 남았다

문을 열었다

덜 잠근 수도꼭지가 최선을 다해
물방울을 떨어뜨렸다

거울 속에 내가 보였다
이상하게도 그 순간
나와 가장 절교하고 싶은 건
나였다

잠만 자고 싶다

교실 창문을 열면 너무 춥다 두꺼운 이불 속에서 한숨 자고 싶다 아무도 날 깨우지 못하는 곳에서 깊은 잠에 빠지고 싶다 깜빡 졸고 나면 수학 시간이 끝나 있었으면 좋겠다 쉬는 시간에 엎드려 자다가 종 치면 십 분 말고 하루가 지나 있었으면 좋겠다 친구들이 모르는 사람이 됐으면 좋겠다 모르는 사람은 마음을 다치게 할 수 없으니까 눈물 나게 하지 않으니까 모르고 싶다 뭐가 되고 싶은지 뭐가 되려고 이러는지 감자튀김 프라이드치킨 양념치킨 다 안 먹어도 되니까 눈뜨면 아침 말고 한 십 년쯤 지나 있었으면 좋겠다

쉬는 시간

화장실에서 돌아와 자리에 앉았다 3교시 체육 시간엔 양호실 점심은 안 먹고 건너뛰고 나머지 쉬는 시간엔 절대 고개를 들지 않을 거다 죽은 듯이 잠만 잘 거다 수업이 시작되면 칠판만 쳐다볼 거다 고개를 꼿꼿이 세우고 앞만 볼 거다 건너편 예지를 쳐다보지 않을 거다 등 뒤로 종이 뭉치가 날아와도 반 아이들이 들으란 듯이 큰 소리로 내 얘기를 떠들어도 못 들은 척할 거다 교문을 나서고 아파트 11층 우리 집 내 방문을 걸어 잠그기 전까진 절대로 무너지지 않을 거다

한 대

왼쪽 눈은 새파란 멍
입가에는 피

만신창이가 된 얼굴로 오빠가 돌아왔다

오빠, 이 상처 뭐야?

내가 묻자

별일 아니라는 듯이 오빠가 말한다

매번 날 건드리는 놈이 하나 있어 전교에서 제일 싸움
잘하는 놈인데 오늘은 정말 못 참겠더라 그래서 싸우자고
했어 딱 한 대 때리고 싶어서

그래서 한 대 때렸어?

응, 내가 선빵 날렸거든

그 사람 얼굴은?

나보단 멀쩡해

오빠가 웃는다

정말 바보 같다

여름 방학

사라져야 하는 건 그 애가 아니었다

사라져야 했던 건 그 애를 괴롭히는 헛소문이었고

죽어 버려

아무리 지워도 다음 날이면 또다시

책상 위로 몰려들던 쓰레기 같은 말이었고

방관하던 어른들이었다

사라지지 말아야 했던 건 그 애의 입가에 번지는 웃음

학교가 끝나면 운동장에 남아 꼭 농구를 하고 가던

그 애의 습관

아침 일찍 학교에 와 그 애 책상 위를 깨끗이 지우던

몇 개의 손

와락 터지는 눈물 같은 거

여름 방학이 끝나 간다

다시는 학교로 돌아가고 싶지 않다

세상에서 가장 어렵고 두려운 것들

세상에서 가장 어려운 건
사과
어디서부터 어떻게 말해야
내가 뱉은 말이 더는 칼이 되지 않는지

불 꺼진 아파트 단지보다
겨울잠 자는 동굴 속보다 어두운 건
내 안의 어둠
밑바닥이라고 생각했는데
더 깊은 진흙탕이 아래로 아래로

공포 영화보다 나쁜 뉴스보다
무서운 건
내게는 너무나 미운 사람이 있다는 사실
그 사람이 이 세상에서 사라지길 기도한 적 있다는
나만 아는 분명한 사실

세상에서 가장 두려운 건

그 미운 사람의 얼굴 끝에
내 얼굴이 떠오르는 것
끔찍하게 구분되지 않는 것

나를 믿는 것
내가 나를 깨뜨리지 않고 지키는 것
담장의 부서진 벽돌처럼

사는 것

여름 이야기

밤새 고라니가 운다

우는 이유는 알 수 없지만 우는 마음은 알 것도 같아서

잠이 오지 않는다

할머니 생각이 난다 잠 못 드는 밤, 내 머리카락을 손가
락으로 빗질해 주시곤 했는데

여름이 오면 물컹한 복숭아 입에 한가득 넣어 주셨는데

엄마 아빠는 잠들었고

나는 깨어 있다 혼자

낮에 어른들이 하는 얘기를 들었다 할머니가 돌아가셨
으니 조만간 이 집을 정리하자고, 돈은 나중에 공평하게
나누자고

이불을 덮으면 이렇게나 할머니 냄새가 나는데

자주 입으시던 꽃무늬 바지 여전히 빨랫줄에 걸려 있는데

할머니만 없다

좀처럼 잠이 오지 않는다

고라니가 울어서

그 마음은 알 것도 같아서

비상 대피

버스 차창 안내 문구

비상 탈출용 망치

화재나 교통사고 등 비상시, 이 망치로 유리창을 깨고
신속히 탈출하십시오

극장에서 영화가 상영되기 전

상영관의 위치를 확인하시고
위급 시엔 안내 방송을 따라 대피하세요

돌아오는 지하철

손잡이를 화살표 방향으로 내리면 손으로 문을 열 수 있
습니다

나도 좀 누가 알려 줬으면 좋겠다

나에게서 도망치고 싶을 땐 어디로 가야 하는지

손잡이도 깨뜨릴 유리도 없는데

이럴 땐 어떻게 나를 열고 탈출할 수 있는지

어른이 되면

무례한 질문도 소화제 먹듯
잘 삼키고
아픈 말도 탈 나지 않을 만큼만
기억할 수 있을까

아끼느라 제대로 써 보지도 못하고
유통 기한이 지난 것들
철 지난 옷과 한때는 소중했던 편지들
쓰레기통에 버리며 아까워하지 않고

아무 걱정 없이 잠들 수 있을까
악몽에 시달리지 않고
아침이면 개운하게 눈을 뜨는

어른이 되면
내가 살아 있다는 기쁨 알게 될까
누군가 곁에 있어 줘서가 아니라
폭식해서가 아니라

단지 내가 살아 있다는 이유만으로

멋진 사람까진 되지 못하더라도
첫눈을 밟으면 환해지고
좋아하는 영화가 있어요,
다른 사람들 앞에서 웃으며 말할 수 있는

어른이 되면

혼자서는 다 먹기 어려운
상자에 담긴 토마토
척척 냄비 가득 수프로 끓이며
아 따뜻해, 말할 수 있을까

조용한 부엌을
자신의 온기로 데울 수 있는
그런 어른

아무것도 몰라

넌 아무것도 몰라, 엄마는 말하지만 엄마가 슬픔에 빠져 있을 때 누구와도 손잡지 않는 거 알아 아파트 단지를 몇 번이고 돌다가 오는 거 알아 한 번씩 우리 집을 올려다보는 것도

나 외출하는 거 싫어해, 미술관도 싫고 다 싫어, 엄마는 말하지만 붓과 물감을 보면, 세상 바깥으로 걸어 나가면 엄마가 포기한 꿈들이 생각나서 나가지 않는다는 거 알아 화장대 서랍에 숨겨 놓은 알약들, 감기약이 아닌 거 다 알아

세상이 얼마나 무서운 줄 아냐고, 학교를 포기하면 어떤 미래가 펼쳐지는지 알기나 하냐고 엄마는 말하지만 나는 엄마에게 상처를 주었던 세상이 어떻게 조금씩 달라지고 있는지 알아 남들과 똑같이 살지 않는다고 하늘이 두 쪽 나지 않는 거 알아 그러니까 엄마, 울지 마

반성문

세상을 대신해 엄마에게 죄송합니다

제3부

길었던 하루를
녹여 주려고

사과

뉴스를 켜면 어른들이 하는 말

"저는 아무것도 몰랐습니다."

"기계가 작동하고 있었는지 몰랐습니다."

"사람이 거기 있는지 몰랐습니다."

"이런 참사가 일어날 줄 정말 몰랐습니다."

변명만 하는 티브이를 끈다

사과하는 어른 한 명 없다

친구 구함

여기에 사진을 붙이시오.

친구 구합니다

성별 경력 무관 왕따 환영

급여 불닭볶음면 바닥 나지 않은 수다(밤새 가능)

근무지 대한민국 모든 지역

제출 서류 없음

문의 2학년 4반 정다연

사실과 진실

억울하다고
울음을 터뜨린 적 있다

멀어지는 게 두려워서
전처럼 내 이야기를 꺼내지 못한 건데
마음이 다칠까 봐 겁이 나서
잠깐 거리를 두려고 했던 건데

침묵이 이렇게 오해만 낳을 줄 몰랐어

아파하는 내게
윤주는 사실과 진실이라는 단어를 보여 줬다

사실은 있었던 일 겉으로 드러난 일
진실은 아무것도 덧씌워지지 않은 그대로의 마음

사람들이 진실을 안다면
널 오해할 수 없을 거야

나는 진실을 알아
너의 진심을 알아

사실과 진실
진실과 사실

한 글자 차이로
뒤틀리고 어긋나는
그런 복잡한 거 말고

한 사람

한 사람이 옆에 있다는 게
너무 깨끗해서
엉엉 울었다

닫힌 문

무슨 생각이야? 말해 봐

엄마가 물을 때

나는 사라지는 생각을 하고 있었다

먼지보다 작아져서 아무도 날 알아보지 못하는 상상을

엄마 미치는 꼴 보고 싶어?

무슨 일이 있었는지 말해야 알 거 아니야

소리칠 때는

되돌아오지 않아도 되니까 투명한 유령이 되었으면 좋
겠다고 생각했다

온통 없어지고 싶은 생각뿐인데 왜 나는 조금도 희미해

지지 않는 걸까?

　네 마음대로 해

　뒤돌아서며 쾅, 문을 닫을 때는

　묻고 싶었다

　정말 내 말을 들어 줄 수 있는지

언니의 교복

일곱 개의 단추를 잠그면 아침
모두 풀면 밤

언니는 아직도 교복이 무섭다고 한다 새하얘서 안이 비
치는 교복이 얼룩도 잘 숨기지 못하는 교복이

사정없이 들킬까 봐 두려웠어

명찰을 긴 머리카락으로 가리고 쉬는 시간마다 화장실
로 갔다고 한다 누군가 바깥에서 노크해도 안에서 한 번
문을 두드리면 사람들이 사라졌다고

거기서 먹었던 단팥빵 맛 아직도 선명해

기쁘지도 슬프지도 않은 언니의 몇 안 되는 장면

일곱 개의 단추를 매만지면 교실
풀면 집

따뜻한 물로 몸을 씻을 때마다 더러워진 기분이 들었다고

꿈에서도 언니를 아프게 한 사람은 전부 교복을 입었다고
했다

폭우

한바탕 쏟아지는 비
맞으면서 뛰어가면 그만이지만

교복 같은 거 젖어도 상관은 없지만
마음까지 젖을 것 같아서
망설인다

그냥 뛰어갈까
별 소용 없겠지만 가방이라도 뒤집어쓸까
복도는 춥고
고요하고

내리는 비 쪽으로
한 걸음 뗐는데

같이 쓸래?
한 아이가 말한다

쓰레기 분리배출 날
동네에서 가끔 마주친 게 다인

그 아이의 이름을 이제야 알았다

체육 시간

까치발을 들어야 겨우 닿던 철봉인데

매달리면 얼마 버티지 못하고 떨어졌는데

이제는 조금 더 버틸 수 있다

허공에 뜨던 발은 바닥에 잘 닿고

뛰어넘을 수도 있다

작년까지만 해도 무서웠던 뜀틀을

홀로 급식실로 내려가는 계단을

자꾸만 작아지는 생각을

놓아주기도 한다

데구루루 굴러가도록

비둘기의 부리 끝에서 콕 흩어지도록

반대편에서 피구공이 날아온다

피하려 했는데 얼결에 잡았다

확, 던졌다

문득 가벼웠다

영원 같은 하루

단 하루를 사는 곤충에게 하루는 영원처럼 길다고 한다

나에게 하루는 멈출 새도 없이 허겁지겁 따라가야 하는 것

학원에서 연달아 강의를 듣고 집으로 가는 길

편의점에서 산 초콜릿을 까먹다가

이백 년쯤 산다는 코끼리거북이는 하루를 어떻게 느낄까 궁금했다

눈을 지그시 감았다가 천천히 뜨는 속도로 느낄까 아니면

잘 익은 과일을 껍질째 먹고 나면 다가오는 별빛으로 여길까

문 앞에 서니 나의 기척을 알아챈 밤이가 끙끙거리며 운다

강아지에게 시간은 여섯 배 빨리 흐릅니다 네 시간 집을
비우면 종일 혼자 있었다고 느껴요

우는 밤이를 품에 안아 준다

길었던 하루를 녹여 주려고

둘이 하는 산책

혼자 걸으면
십 분 거리인데
밤이랑 걸으면 삼십 분은 걸린다

한 방향으로만 가면 되는데
아까 갔던 곳으로 다시 한번
지그재그로

아무리 킁킁거려도
냄새 같은 거 안 나는 거 같은데
내가 모르는 걸
밤이는 아는 것 같다

멈춘 곳마다 작은 새순이
누군가 떨어뜨린 손수건이
담벼락의 얼룩이
선명하게

보이는 게 자꾸 늘어 간다
밤이의 눈길이 닿는 곳을 따라가 보면

빨리 가서 숙제해야 하는데

좀 전에 갔던 곳으로
밤이가 되돌아간다

그새 다른 풍경이 도착했나 보다

빨래

따뜻한 물에서
교복 와이셔츠를 꺼내 비누칠한다

어디서 이렇게 많은 때가 묻었지?
흘러나오는 구정물을 본다
겉보기엔 깨끗한 것 같았는데

잘 보이지 않던 얼룩과
올올이 달라붙은 먼지까지
한꺼번에
녹는 중인가 보다

와이셔츠를 뒤집는다
겉과 안이
시원하게 뒤집힌다

더운 수증기가 뿌옇게
얼굴에 닿을 때마다

온종일 운동장을 뒹굴었던 마음도
주르륵 흘렀던 외로움도
희미하게 옅어질 것 같은 기분

축 늘어진 교복을 턴다
물방울이 날며 흩어진다

햇볕에 말리면 가벼워진다

걸어도 무겁지 않겠다

친애하는 나의 불안

기척도 없이 불안이 다가올 때

길을 지나다 우연히 아기 고양이와 만난 거라고 생각하면 마음이 편안해져

달래 주려고 했던 건데 매섭게 발톱으로 할퀴어도 깨진 빗금처럼 상처가 나도

다가오는 손길이 많이 무서웠구나 너도 내가 처음이지? 가까이는 말고 이렇게 같이 있자 한 걸음 물러서 있게 돼

점점 멀어지는 뒷모습을 보면 안녕을 빌어 주게 돼

잠 좀 자고 싶은데 아무리 애를 써도 겨우 한 시간쯤 지나 있을 때

멀미처럼 불안이 밀려와 이마를 꾹 누를 때

서랍에 넣어 둔 부드러운 스웨터를 떠올리면 조금은 견
딜 만해져

입고 다니다가 벗을 수 있는 거라면

한 계절 같이 건너갈 수 있는 거라면

어디에다 두었지? 한 번씩은 잃어버릴 수 있는 거라면

조금은 괜찮아져

밑줄

누가 나를 읽어 주면 좋겠다 어디 사는 누구인지 몰라도 괜찮으니까 다만 읽어 줬으면

처음부터 끝까지 정자세로 읽지 않아도 된다 어떤 과거를 지나왔는지 누굴 미워하는지 완벽하게 서사를 이해하지 않아도 된다 여름이면 고즈넉한 자귀나무 아래서 바람이 넘겨 주는 페이지를 따라 훨훨 건너가고 내가 듣지 못해도

웃기는 대목에서 깔깔 웃어 주고
엎어져서 무릎이 깨지면

일어날 수 있어, 주문처럼 중얼거려 주고 나도 그랬던 적 있어, 문장에 밑줄 쫙 그어 주고

눈에 잘 보이는 곳에 두지 않아도 된다 죽기 전에 꼭 읽어야 하는 책이 되지 않아도 된다 다만 어둠 속에서 펼치게 되는 이야기였으면 침을 묻혀 페이지를 넘길 때마다 반

딧불이 빛처럼 얼룩이 묻는 책이었으면

어떤 이야기는 누군가 넘겨 줘야 다음 장으로 넘어갈 수
있으니까

제4부

남겨진 게 아니라
그냥 흘러가

산책

네 생각은 날 의자에 앉혀 두지 않지 이마를 짚어 주지
않지 네 생각을 하는 동안의 책 읽기를 허락하지 않지

나는 자주 산책줄을 놓치지 네 생각과 걸으면 나는 비 맞
은 우체통을 놓치고 편지를 잃어버리고 엉뚱하게도 불 꺼
진 상점 유리창에서 발견되지

네 생각은 조금 무섭지 함부로 발을 디뎠다가는 그 안으
로 굴러떨어질까 봐 다가갈 수 없지 나는 사실 두려워 네
생각 앞에 서는 게 그걸 두드려 보는 게

역시 그 안엔 내가 없구나 알게 되는 게

네 생각은 네 생각을 하는 동안의 풍경을 허락하지 않지
다른 사람의 재밌는 농담을 듣지 못하게 하고 버스에 우산
을 두고 내리게 하지

고인 빗물에 목욕하는 새

부서지는 빛

분명 혼자인데 너와 본 것처럼 만들지

정규직과 아르바이트

피자 가게에서
아르바이트하는데

냉장고에 얼마나 들락날락했는지

도우 꺼내 와!
감자튀김!
시즈닝 소스!

사방에서 외칠 때마다
냉장고로 달려갔다

오소소
온몸에
닭살이 돋았다

긴팔 유니폼을 입고 싶어서
휴게 시간에

점장님께 물어봤다

저도 긴팔 유니폼 좀 받을 수 있을까요?

빤히
얼굴을 훑어보던 점장님이 말했다

긴팔은 정규직만
넌 아르바이트!

추위에도 정규직과 아르바이트를 가르다니

물집 잡힌 발바닥이 쓰라렸다

말하는 사람

나는 말수가 적지만
이야기를 할 줄 아는 사람이에요

나의 일기장에는
집 밖으로 나가고 싶지 않았던 사람이
사랑하는 강아지에게 세상을 보여 주고 싶어서 문고리
를 돌렸다는 이야기
마음이 빙그르르 열렸다는 이야기

적혀 있어요
나는 말하지 않고 이야기를 건넬 줄 아는 사람이에요

우는 사람을 달래 줄 때
어떤 말을 해야 할지 몰라 자주 침묵하지만
손을 잡고 바라봐 줘요
눈물이 스스로 마를 때까지
그러면 우리 사이에 이야기가 흐르거든요

들어 본 적 있어요?
눈꺼풀이 감기는 소리
잎이 빛을 담기 위해 넓어지는 소리
달에 의지해 새 떼가 날아가는 소리

나는 자세히 들어야
들리는 이야기를 품은 사람이에요
목청이 크지 않아서
주장하지 않아서
안 들릴 때가 많지만

그렇다고 없는 건 아니에요
나는 있답니다 단단하게

나는 이야기하는 걸 좋아하는 사람이에요
아까부터 당신에게 말을 걸고 싶었어요

출입문 닫습니다

헤드폰을 쓰고 음악을 듣다가
문이 닫히기 직전 지하철에 올라탔다

위험해 보였나
안에 서 계시던 할머니가 깜짝 놀라셨다

문에 끼일까 봐
그래서 다칠까 봐 걱정했다고

나는 멋쩍게 웃었다

이번 역은 서울숲 서울숲역입니다 내리실 문은 오른쪽
입니다

굳이 방향을 확인하지 않아도
내릴 준비를 마친 사람을 따라
사람들이 줄지어 내리고

나는 처음 만난 이에게 건네받은 걱정이 좋아서
곰곰 곱씹다가
내려야 할 곳에서 못 내릴 뻔했다

한글 공책

빈 좌석에 앉았는데
같은 버스 정류장에서 탄
할머니가 옆자리에 앉으셨다

분홍색 가방 속에서
조심조심 꺼낸 작은 공책
표지에는 큼지막하게 **김정순**

종이를 넘길 때마다
한 자씩 또박또박 쓴 글자들이 가득

펼쳐둔 곳에는
~처럼 ~같이
한쪽 귀퉁이에는
인구 주민

'~처럼'은 서로 비슷하거나 같음을 나타내는 조사
'~같이'는 앞말의 특징을 강조하는 조사

떠오르는 예라면
파도에 기댄 물풀처럼
소년의 발끝에서 나아가는 공같이

할머니가 적은 예시에는 어떤 게 있을까
고개가 살짝 기우는데

공책을 덮고
가방에 넣으신다 가지런히

흔들리는 손잡이
방지턱을 넘을 때마다 떠오르는 몸

버스는
동네를 지나 더 큰 도시로 달린다

행인 1

잠시만 기다려 주세요. 불편하게 해서 죄송합니다!

검은 모자를 눌러쓴 진행 요원이 사람들을 멈춰 세웠다. 드라마 촬영 중이라고 했다.

줄줄이 늘어선 조명과 반사판, 두 배우가 전자 기기 상점 앞에서 다정하게 서로를 바라보는 신. 사랑에 빠진 연인이 아무런 방해 없이 단둘만 남겨질 수 있게 거리에 나온 사람들이 걸음을 멈추었다. 그 장면은 완벽에 가까운 행복처럼 보였는데

드라마에서 행복은 불행의 전조여서 불안하다. 다음엔 어떤 일이 벌어질지 모르니까. 큰 사고가 나서 둘 중 한 명이 다치거나 원치 않게 사랑하는 이의 비밀을 알고 상처받을지도 모르니까. 그런데도 주인공은 다음 회에서 씩씩하게 일어서야 하니까.

컷!

누군가 외치자 통제선이 풀린다. 이제는 지나가도 된다는 말에 사람들이 다시 걷기 시작한다. 완벽에 가까운 사랑의 장면 때문에 누군가는 버스를 놓치고 누군가는 얼음이 녹아 밍밍해진 커피를 마시겠지.

주인공들은 현장에 남는다.

나는 행인이 되어 벗어난다. 누구를 멈춰 세우지 않아도 장면이 진행된다.

회복

의사 선생님이 눈을 들여다본다

위를 보세요 아래를 보세요 왼쪽을 보세요 오른쪽을 보
세요 다시 정면을 보세요 아프진 않나요 생각해 보세요 눈
물이 자주 마르진 않나요

의사 선생님이 건네준
종이를 읽어 본다

꽃가루와 먼지, 집먼지진드기, 비듬, 곰팡이 등이 대표적
인 원인 물질로 작용합니다 이와 같은 원인 물질이 결막에
접촉하여 염증을 일으키는 것을 알레르기성 결막염이라
고 합니다

진료실에서 나와 내게 접촉했을지도 모르는 것들의 목
록을 살펴본다

안경을 닦는다

언제 생겼는지 알 수 없는
잔금들
입김을 불어 닦아도 잘 지워지지 않는다

무엇이었을까 나도 모르는 사이에 내게 부딪치고
사라진 것들은

아무도 발을 걸지 않았는데
넘어진 아이는
떠나갈 듯 울고

한번 몸속에 뿌리내린 알레르기는 절대로 사라지지 않
는다고 어디선가 들은 적이 있다

잊을 만하면 증상은 다시 찾아오고
원인을 찾지 않아도
시야는 밝아 온다

작별

내리막길이 빗물을 붙잡지 않고 흐르게 놓아주고 있다

잔가지와 낙엽과 빗물이 하수구로 몰려가고 있다

어지럽게 뒤엉켜 빨려 가고 있다 철망에 걸린 잔가지와 낙엽 들

잔가지와 낙엽이 남겨지거나

빗물이 버려진 건 아닐 거다

쏟아지고 있다 사랑하는 친구의 뒷모습이 걷잡을 수 없이 불어나고 있다 우리가 밤새 나누었던 이야기들이 어디까지가 진실이고 거짓인지 구분되지 않은 말들이 돌부리처럼 튀어나온다 사방에서 날아든다 아직까지 아프다

자꾸 꿈에 네가 나와
화해한 적은 단 한 번도 없어

신기하지 꿈에서조차

너의 목소리가 밀려든다 내 편이라고 말해 주던 혼자서 울지 말라고 다독여 주던 컵 떡볶이를 먹으며 하굣길을 내려가던 너의 웃음과 기분과 날씨 너 같은 앤 필요 없어 잠깐 놀아 줬을 뿐이야 날카롭게 찌르던 표정이 너와 걸었던 모든 길목이 뒤엉켜서

넘어져

버스를 타지 않아도 타이어는 다음 정거장을 향해 잘도 굴러가고 손을 맞잡은 아이들은 씩씩하게 오르막길을 오르고 새들은 날아가 날아갈 땐 앞을 봐

버린 게 아니라
남겨진 게 아니라

그냥 흘러가

한 알

생리통으로 배가 끊어지도록 아플 때
지끈거리는 두통이 찾아올 때

진통제 한 알
꿀꺽 삼키면

미지근한 물처럼 잠잠해진다
언제 그랬냐는 듯이

내가 하는 생각도 좀 조용해졌으면 좋겠다

한 알 삼키면
둘 셋 넷 마구마구 늘지 말고

시끄럽게 굴지 말고

피크닉

진우는 만나자고 하는 데 두려움이 없다
덕분에 나와 주미는 한강에서 동네 서점에서
육수 맛이 일품이라는 평양냉면집에서 만난다

안 좋아하는 줄 알았는데
평양냉면이 정말 맛있다
진우가 아니었다면
이렇게 맛있는 걸 몰랐겠지

시원하고 삼삼한 육수를 마시니
더위도 갈증도
잠잠해지는데

서운하면 서운하다고
미안하면 미안하다고
나에게 솔직하게 말해 줘서 고마워
주미가 말한다

우리는 서운함을 미안함을
곁에 있어 주는 고마움을 말하는 걸
덜 두려워하기로 한다

각자 모은 돈을 내고
거리로 나온다
다음엔 또 어디 갈까?
한강에서 먹는 라면이 그렇게 맛있다던데
자전거도 타면 재밌겠지

진우는 돗자리와 담요
주미는 햄치즈샌드위치
나는 오렌지 듬뿍 생과일주스

사거리에서
우리는 방학이 끝나기 전에
한 번 더 놀기로 한다

주미는 왼쪽으로 진우는 오른쪽 횡단보도 건너서
나는 쭉 직진

방금 헤어졌는데도
벌써 기대돼

한강에서 먹는 매운 라면
셋이 처음 해 보는 자전거 타기
돗자리에 누워서 즐기는
한낮의 피크닉

또 보자는 말
참 좋아

졸업식

엄마 아빠는 오지 말라고 했다
오래 걸리지 않으니까

고마웠어
고등학교 삼 년간 종종 점심을 같이 먹어 준
다른 반 친구 지민이를 찾아가 짧게 작별 인사를 건넸다

네 덕분에 드물게 따뜻했어
마음으로만 말했다

지희랑은 근처 중국집에서 만나기로 했다
짜장면 탕수육 내가 사기로 했다

졸업 축하해
꽃다발을 건네는 지희

지희는 이 년 전 검정고시로 졸업했고
이번에 원하는 대학교에 합격했다

너도 입학 축하해
준비해 두었던 선물을 꺼냈다
조그마한 탄생석이 박힌 목걸이

반짝반짝 붉은빛을 띠는

우리 기념으로 사진 한 장 찍자
짜장면 탕수육을 앞에 두고
활짝 웃었다

오늘 처음 찍은 사진이다

가족사진

엄마 옆에 아빠가 앉았다
오빠와 나는 뒤에 섰다

셔터를 누르기 직전

사 년 전 우리 곁을 떠나
밤하늘 별이 된 아롱이가 달려왔다
혀를 빼문 밤이도 발치에 와 앉았다

드디어 다 모였다

터지는 플래시

꿈의 사진관에서의 일이었다

깨끗한 옆자리

안미옥 시인

쓰는 마음

정다연 시인과 청소년시에 대한 이야기를 나눈 적이 있다. 문장웹진에서 운영하는 유튜브 채널 〈문장입니다영〉에 출연했을 때였는데, 정다연 시인이 당시 진행자 중 한 사람이었다. 문학을 다양한 주제로 이야기하는 콘텐츠였고, 나는 청소년시라는 주제를 다루었을 때 초대받았다. 청소년시는 무엇이고 어떤 역할을 할 수 있을까, 한 사람의 삶에 있어서 청소년기란 어떤 의미일까, 청소년기를 어떻게 보냈었나, 그런 이야기들을 잔뜩 나누고 돌아왔다. "청소년시가 뭐예요? 왜 시를 구분 지어야 해요? 그게 꼭 필요해요?"라는 질문을 종종 받곤 했는데, 그런 이야기를 나눌 수 있는 자리여서 반가웠다.

나는 '아는 자'로서 말하지는 못하였고, '알고 싶은 자'로서 말했다. 시가 무엇인지 도무지 모르겠지만 알고 싶어서 계속 쓰는 것처럼 청소년시도 계속 쓰면서 정의를 내려 보고 싶다고. 정답이 있어서 쓰는 것이 아니라, 알고 싶은 마음으로 쓰는 것이 더 중요하지 않을까. 그렇게 쓰고 읽으면서 청소년시를 새롭게 만나고 싶다고 말했다. 이 시대를 살아가는 청소년을 생각하며 쓰는 시, 고정관념에서 벗어나 진짜 청소년을 만나 보고 싶은 마음으로 쓰는 시, 각양각색의 삶을 삶고 있는 청소년을 조명해 주고자 하는 시, 훈계하거나 가르치려 하지 않고 다만 곁에 있어 주는 시, '누구에게도 말할 수 없었고 아무도 모른다고 생각했던 나의 이야기'라고 생각하며 읽을 수 있는 시. 그런 시면 좋겠다는 이야기를 나누었다.

정다연 시인에게 들은 말도 인상 깊게 남아 있다. 청소년기에 읽으면 좋은 문학 작품은 많지만, 청소년기를 겪고 있는 당시의 생활이나 감정, 마음에 대해 이야기해 주는 작품을 찾는 건 어려웠다고 했다. 그런 작품이 있다면 정말 좋겠다는 생각을 하곤 했다고, 그래서 청소년시집의 존재를 알고 참 반가웠다는 말을 전해 주었다. 이야기를 들으면서 정다연 시인이 청소년시를 쓰고 있는 중이고, 중학생들과 글쓰기 수업을 하고 있다는 것도 알게 되었다. 자신의 청소년기만을 떠올리며 쓰는 것이 아니라, 요즘 청소년의 마음을 알고 싶어서 청소년 브이로그 같은 것을 찾아보기도 한다고 했다. 청소년의 생활에 가닿아 보려는 시인의 마음과 노력을 엿볼 수 있었다. 그 이야기를 하는 시인의 눈빛이 반짝였다. 나는 정다연 시인이 완성할 청소년시집이 어떤 목소리를 낼지 궁금했다. 기대하는 마음이 생겼다. 이런 마음을 가진 사람이 쓰는 청소년시라면 믿고 읽을 수 있을 것 같았다.

더 헤아리는 마음

다른 사람을 가진다는 건 어떤 기분일까 학원비가 더 필요하다고 거짓말을 하고 처음으로 돈을 타 냈을 때의 느낌일까 그때 난 지나가는 길고양이와 눈만 마주쳐도 발가벗겨진 기분이었는데

정말 나쁜 사람이 된 것 같았는데

다른 사람이 생긴다는 건 어떤 기쁨일까 좋아하는 애와 창밖을 바라볼 때 바람에 흔들리는 나무까지도 사랑스럽게 보였던 그런 기쁨일까 세상이 이대로 망해 버려도 좋을 것 같던 그 기분

다른 사람이 생긴다는 건 어떤 슬픔일까 거짓말로 돈을 타내고 또 타 내도 더는 아무런 감정도 들지 않을 때 이젠 자책

도 기쁨도 없구나 텅 빈 주머니를 매만지며 불 켜진 집으로
돌아갈 때

덮쳐 오는 슬픈 허탈감 같은 것

오늘도 집에 안 들어와? 전화를 끊으며 엄마가 한숨을 쉰
다 아빠에게 다른 사람이 생긴 것 같다 아마도
—「다른 사람」 전문

『햇볕에 말리면 가벼워진다』를 처음 읽었을 때 이 시를 읽고
좀 놀랐다. 마지막에 나오는 반전 때문이기도 했지만, 시에 담
긴 화자의 담담한 목소리가 커다란 울림으로 다가왔기 때문이
다. 며칠이 지나도 이 시가 자꾸 생각이 났다. 왜 그랬을까.
얼마 전 고등학교 시절 친구들과 이야기를 나눈 적이 있다.
다시 십 대 시절로 돌아갈 수 있다면 가겠냐고. 우리는 모두 고
개를 절레절레 흔들었다. 만날 때마다 학창 시절 이야기로 웃
고 떠들지만, 그 시절로 돌아가고 싶은 마음이 있는 친구는 아
무도 없었다. 분명 기쁘고 재밌고 행복한 순간도 많았을 텐데
왜 그럴까. 아마도 내가 해결할 수 없는 일을 겪어야 하고, 내
가 감당할 수 없는 감정을 느끼게 되는 시기이기 때문이 아닐
까. 커다란 벽처럼 느껴지는 상황 속에서 어떻게 해야 벽에 문
을 만들 수 있는지, 손잡이를 돌려서 나갈 수 있는지 몰라 막막

하기만 하던 시기라서 그런 것 아닐까.

감당할 수 없는 일을 감당해야 할 때, 도무지 이해되지 않는 상황으로 상처받고 고통받을 때, 이 상황을 내 힘으로 어쩌지 못할 때, 해결할 방법을 찾을 수 없을 것만 같을 때 어떤 선택을 할 수 있을까. 이런 상황을 만든 사람에게 분노하거나 자신의 슬픔을 내내 들여다보는 것을 선택하는 게 당연한 일일지 모른다. 그런데 「다른 사람」에서 화자는 다른 태도를 보여 준다. "다른 사람을 가진다는 건" 어떤 기분일지, "다른 사람이 생긴다는 건" 어떤 기쁨일지, 어떤 슬픔일지 자신의 경험에 빗대어 상상해 보고 헤아려 보려고 애쓴다. 거기엔 어떤 과장도 과잉도 없다. 화자의 담담하고 섬세한 목소리가 시를 읽는 사람에게도 그 마음을 함께 가늠해 보게 한다. 충분히 자신의 슬픔에만 빠져 있을 수도 있는 상황에서 가족들의 마음까지 헤아리느라 애쓰는 화자의 마음. 그 마음엔 상처가 되는 상황과 사람에 대한 편견이 없고 다만 이해해 보려고 애쓰는 시간이 담겨 있다.

이건 어른들의 일이라고, 너희는 아직 어려서 이해하지 못한다고. 청소년은 이런 말을 쉽게 듣는다. 그러나 청소년은 어른들이 생각하는 것보다 훨씬 많은 것을 감당하고 이해하려 애쓰며 산다. 어쩌면 상상하지 못할 만큼 다양한 경우의 수를 헤아리고 자신의 복잡한 내면을 말없이 겪어 내느라 온 힘을 쓰고 있는지도 모른다. 말이나 행동으로 전부 표현하지 않는다고 해서 가볍게 여기는 것이 아니다. 아무 생각 없이 살지 않는다. 이

시를 읽으면 그런 청소년의 삶과 마음을 자꾸 떠올려 보게 된
다. 처음 겪는 상황과 마음 때문에 휘몰아치는 폭풍 속에 있지
만 그만큼 용감하고 풍성하게 삶과 맞닿아 있다는 것을. 정다
연 시인의 청소년시가 새롭게 다가왔던 이유는 여기에 있다.
시인은 청소년의 감정과 삶의 태도를 쉽게 재단하거나 한계를
정하고 생각하지 않는다. '청소년은 이럴 것이다.'라고 단순하
게 생각한 것으로 쓰지 않고 자신의 삶 안에서 충분히 다시 겪
고 체화된 언어로 쓴다.

들여다보는 마음

나의 일기장에는
집 밖으로 나가고 싶지 않았던 사람이
사랑하는 강아지에게 세상을 보여 주고 싶어서 문고리를
돌렸다는 이야기
마음이 빙그르르 열렸다는 이야기

적혀 있어요
나는 말하지 않고 이야기를 건넬 줄 아는 사람이에요

(중략)

들어 본 적 있어요?
눈꺼풀이 감기는 소리
잎이 빛을 담기 위해 넓어지는 소리
달에 의지해 새 떼가 날아가는 소리

나는 자세히 들어야
들리는 이야기를 품은 사람이에요
목청이 크지 않아서
주장하지 않아서
안 들릴 때가 많지만

그렇다고 없는 건 아니에요
나는 있답니다 단단하게

—「말하는 사람」부분

『햇볕에 말리면 가벼워진다』에는 말로써 자신을 드러내지 않지만 "자세히 들어야/들리는 이야기를 품은" '나'의 마음이 담긴 시로 가득하다. 누군가 존재를 확인해 주지 않는다고 하더라도 "단단하게" 존재하고 있는 한 사람. 침묵으로도 위로할 줄 알고, 잠잠하게 흐르는 시간을 사람과 사람 사이에 둘 줄 아는 사람을 떠올리게 한다. '나'는 질문한다. "눈꺼풀이 감기는 소리/잎이 빛을 담기 위해 넓어지는 소리/달에 의지해 새 떼가 날아가는 소리"를 "들어 본 적" 있느냐고. 귀를 기울이지 않으면 들을 수 없는 소리처럼, 들여다보지 않으면 알 수 없는 이야기를 가득 품은 채로 '나'는 여기에 존재하고 있다고.

어떤 삶과 목소리는 분명하게 존재하고 있지만, 마치 없는 것처럼 여겨지는 경우가 많다. 들리지 않고 보이지 않는 이유는 들으려 하지 않고 보려고 하지 않기 때문이다. 정다연 시인은 "말하는 사람"으로서 그런 존재들의 목소리를 들려주는 시를 쓴다. 시를 통해 우리가 잘 듣지 못했던 소리를 듣게 하고 알게 한다. 우렁차고 강한 목소리로 강요하는 것이 아니라 담담하고 "단단하게" 말을 건다. 그래서 보지 못했던 삶에 대해 들여다보고 싶게 만든다. 시가 자신이 어떤 마음으로 살고 있는지 잘 몰랐을 청소년에겐 내면을 들여다보게 하는 힘을 주고, 청소년을 주의 깊게 보지 못했던 어른에겐 구체적인 관심을 기울일 수 있게 만든다.

> 거울 속에 내가 보였다
> 이상하게도 그 순간
> 나와 가장 절교하고 싶은 건
> 나였다
>
> ─「변기」 부분

세상에서 가장 두려운 건

그 미운 사람의 얼굴 끝에
내 얼굴이 떠오르는 것
끔찍하게 구분되지 않는 것

나를 믿는 것
내가 나를 깨뜨리지 않고 지키는 것
담장의 부서진 벽돌처럼

사는 것
　　　　　—「세상에서 가장 어렵고 두려운 것들」부분

『햇볕에 말리면 가벼워진다』 속엔 학교에서 고통스러운 시
간을 보내는 '나'도 자주 등장한다. 반 친구들이 변기에 자신을
앉혀 두고 하는 말, "이제부터 너랑 절교야"(「변기」)라는 말을
가장 친한 친구에게까지 듣기도 하고, 쉬는 시간에 엎드려 자
다가 종이 치면 하루가 다 지나 있었으면 좋겠다는 생각을 하
며 힘든 상황에서 벗어나고 싶어 한다. "친구들이 모르는 사람
이 됐으면 좋겠다 모르는 사람은 마음을 다치게 할 수 없으니
까 눈물 나게 하지 않으니까"(「잠만 자고 싶다」)라는 내면의 목소
리를 듣고 있자면 친구와의 관계에서 겪는 불행한 사건들, 스
스로 어쩌지 못하는 고통스러운 상황에 놓인 화자가 어떤 마음
으로 견디고 있을지 헤아려 보게 된다. 피하고 싶지만 남을 탓

하거나 미워하게 되는 것이 두려운 일이라는 것을.

　누군가를 미워할 때 그 미움이 향하는 곳은 다른 곳이더라도 그 미움을 품고 있는 곳은 내 안이다. 고통의 화살을 내가 품고 있는 것과 같다. 그러니 고통받는 상황의 이유를 타인에게서 찾는 것이 아니라 내부에서 찾으려고 하게 된다. 나를 평가하고 판단하고 비난하는 외부의 목소리가 내 안으로 밀려드는 시간을 보내기도 한다. 그런 목소리는 유독 크게 들리니까. 그러다 보면 자꾸만 다른 사람의 시선으로 나를 보게 된다. 그럴 때 나 자신을 미워하는 일이 생긴다. 아무도 마음껏 탓할 수 없어 스스로를 미워하는 일. 어쩌면 그것이 가장 안전한 방식의 돌파구라고 여겨진다. "나에게서 도망치고 싶을 땐 어디로 가야 하는지//손잡이도 깨뜨릴 유리도 없는데//이럴 땐 어떻게 나를 열고 탈출할 수 있는지"(「비상 대피」) 생각하고 또 생각해 봐도 나는 나이고 여기에 있어서 내 삶으로부터 도망칠 수 없다는 것을 견뎌야 하는 마음. 남을 미워하는 나를 견디는 것보다 나를 미워하는 나를 견디는 일이 차라리 더 나을지도 모르겠다고 생각하는 시간. 정다연 시인의 시는 그런 마음과 시간을 짚어 주고 있다.

　그러나 단지 그 시간을 이야기하는 것에 그치는 것은 아니다. 고통을 전시하거나 아픔을 토로하는 것에 그치지 않는다. 이 감정을 그렇게 단순하게 다루지 않는다. 그래서 정다연의 시는 고요하지만 분명한 힘이 있다. 슬픔이나 고통을 말하는 시에서도 그 배면에는 나를 깨뜨리지 않고, 내 삶을 끌어안고 사랑하고 싶은 마음이 깔려 있다. 시를 통한 위로가 가능하다면 이런 방식으로 가능한 것 같다. 어떤 태도로 시를 쓰고 있는지 읽는 사람에게 자연스럽게 전달되는 방식으로 말이다.

"온통 없어지고 싶은 생각뿐인데 왜 나는 조금도 희미해지지 않는 걸까?"라는 질문으로 가득한 때, 엄마가 왜 그러냐고 물어도 자신의 마음을 엄마에게조차 다 털어놓지 못하는 '나'의 마음 안에는 사랑하는 사람을 다치게 하고 싶지 않은 마음이 가득하다. 답답해하는 엄마가 문을 쾅 닫고 돌아섰을 때에도 상처받기보다는 "정말 내 말을 들어줄 수 있는지"(「닫힌 문」) 걱정한다. 엄마의 마음이 다칠까 봐 침묵을 선택한다.

청소년기에 가족에 대한 마음은 복잡하게 작동한다. 사랑받고 이해받고 싶은 마음도 크지만 나로 인해 가족들이 아프고 힘들어질까 봐 걱정하는 마음이 크다. 그것은 죄책감으로 작동하기도 한다. 그래서 더 힘든 상황에 대한 원인을 모두 '나' 자신에게서 찾거나, 혼자 감당하게 된다. 정다연의 시는 나를 미워하는 마음, 부모에게 갖는 죄책감을 단순하게 그리지 않는다. 시의 언어를 통해 깊이 경험하게 만든다. 청소년의 마음이 얼마만큼 깊은지 새롭게 헤아려 보게 한다.

꿈꾸는 마음

어떻게 견뎌 냈을까. 어떻게 견디고 있을까. 깊게 고인 슬픔
의 무게를. 쉽게 아물지 않는 상처의 부피를. 어떻게 자기만의
숨 쉴 방법을 찾고 있을까. 그 마음을 따라가며 읽다가 어른에
대한 새로운 정의를 만났다. 어른의 시간을 소망할 때 이런 마
음일 수도 있구나, 생각하게 되는 문장을 읽었다.

어른이 되면

혼자서는 다 먹기 어려운
상자에 담긴 토마토
척척 냄비 가득 수프로 끓이며
아 따뜻해, 말할 수 있을까

조용한 부엌을
자신의 온기로 데울 수 있는
그런 어른

—「어른이 되면」 부분

이 시는 살아 있다는 기쁨을 좀처럼 실감하지 못하며 사는
'나'의 마음을 엿보게 한다. 그럴 때 이후의 시간을 상상하게 되

는데, 보통은 거창하고 멋진 어른을 상상하게 되는 것 같다. 해결하지 못할 일이 없으며, 모두에게 사랑받고 뛰어난 일을 하고 있는 삶 같은 것 말이다. 그런데 '나'는 "자신의 온기"로 자신의 부엌을 데우는 그런 어른이 되고 싶다고 말한다. 혼자서만 멋진 삶이 아니라 따뜻함을 주고받을 수 있는 삶을 꿈꾼다. 이 시는 '나'가 어른처럼 성숙한 아이여서가 아니라 청소년은 그 자체로 삶에 대한 깊은 이해를 가진 존재라는 것을 알게 해 준다. 경쟁이나 입시, 취업에만 집중하는 것이 아니라 자신의 삶을 풍성하게 그려 나갈 수 있는 존재가 청소년이라는 것을 말이다.

시에서 '나'는 혼자가 아니라 '함께'가 가능한 삶이 중요하다는 것을 안다. 그래서 누군가 혹은 자기 자신을 다치게 하지 않는 삶을 소망하고 있다. 그런 애쓰는 마음이 있어 '나'는 순간순간 삶의 무게로부터 가벼워지는 경험을 하게 되기도 한다.

반대편에서 피구공이 날아온다

피하려 했는데 얼결에 잡았다

확, 던졌다

문득 가벼웠다

—「체육 시간」 부분

온종일 운동장을 뒹굴었던 마음도
주르륵 흘렀던 외로움도
희미하게 옅어질 것 같은 기분

축 늘어진 교복을 턴다
물방울이 날며 흩어진다

햇볕에 말리면 가벼워진다

걸어도 무겁지 않겠다

—「빨래」부분

　무겁고 감당할 수 없는 마음을 어떻게 다루어 나가야 할까.
화자는 그것을 거창한 방식이 아니라, 피구공을 확 던졌을 때
의 기분으로도 가능하다는 것을 경험한다. 젖은 빨래를 햇볕
에 말리는 일처럼 가벼워질 수 있다는 것을 깨닫는다. 삶이 가
벼워지는 순간이 대단한 용기와 힘이 있어야 가능한 것이 아니
라, 아주 작은 것부터 일상을 만들어 가는 방식으로도 환해지
는 순간이 온다는 것을 알게 해 준다.
　이 시집의 화자는 자신이 받았던 진실하고 따듯한 마음도
잘 기억한다. 소문이나 루머가 아니라, 자신의 진심과 진실을
알아 주는 친구의 말을 듣고 "한 사람//한 사람이 옆에 있다는

게/너무 깨끗해서/엉엉 울었다"(「사실과 진실」)고 고백하는 구절에서, 곁의 소중함을 '깨끗하다'고 여길 수 있는 맑은 마음을 읽었다. 그것이 조용하지만 단단하게 존재하는 청소년이 삶을 대면하는 힘이 아닐지.

마음을 건네는 마음

정다연의 시는 한 번쯤 비슷한 마음을 겪었던 사람에게 말을 건다. 나도 그런 일이 있었다고, "실은 나도 너와 같은 일을 겪었"(「비밀」)었다고 슬며시 곁을 내주는 방식으로 말한다. "그거 너만 겪는 일 아니야."라고 별일 아니라는 듯 말하는 것이 아니라, "너도 그랬구나. 괜찮아, 있을 수 있는 일이야."라고 등을 두드려 주는 다정한 손 같다. 그것은 자신의 슬픔과 아픔을 오롯이 오래도록 들여다본 사람만이 건넬 수 있는 손길이다. "가끔 밤이 너무나 무서울 때/세상에 나 혼자만 깨어 있는 것 같을 때/나도 모르게 스스로에게/자장"(「자장」) 하고 스스로를 달래 본 밤의 시간이 밖으로 흘러나와 다른 사람에게 온기를 전한다.

민서야
네가 혼자서 하는 생각이
널 다치게 해?

난 네가 다치지 않으면 좋겠어

가만히 손을 뻗으며 말해 본다

저기 봐, 민서야
오늘은 고양이가 캣 타워에 앉아
창밖을 구경하고 있어
반대편 난간에는 황조롱이가 새끼를 낳았네
내일이면 조금 더 자랄 거야
꼭 우리처럼

—「취미」부분

　　상처받은 마음에는 힘이 생긴다. 다른 사람을 아프게 하거나 나를 아프게 할 수 있는 힘. 정다연 시의 화자는 그 힘을 스스로 감당해 보다가 누군가를 아프게 하는 데 쓰지 않고 환하게 환대하는 곳에 쓴다. 함부로 위로하려고 하지 않고 조심스레 손을 내밀어 본다. 그 손을 맞잡는 것을 원하지 않는다면 강요하지 않고 가만히 기다려 준다. 단지 햇볕이 닿아서 따듯해진 옆자리를 만들어 두고 기다린다.

　　언제 와?
　　비도 그치고 날도 개고

하루 종일 햇볕만 닿아서

내 옆자리 되게 따뜻한데

— 「옆자리」부분

　　타인을 환하게 환대하기 어려운 시기에 정다연의 시는 비 그친 이후의 시간을 상상하게 한다. 나의 상처만을 파고들어 가는 것이 아니라, 상처투성이의 마음으로도 따뜻한 옆자리를 마련하고 함께 앉을 친구를 기다리는 마음이 가능하다는 것을 깨닫게 한다. 『햇볕에 말리면 가벼워진다』를 읽는 청소년과 사람들에게 이 시집이 그런 따뜻한 옆자리가 될 거라고 믿는다. 햇볕이 닿은 자리에 함께 앉아 잠시 가벼워졌다가 또 다른 옆자리를 만들게 될 거라고 믿는다. 옆자리가 필요한 우리에게 보내는 시인의 다정한 편지 같은 시집을 자주 펼쳐 보면 좋겠다.

시인의 말

안녕. 그동안 어떻게 지냈니? 이 시집을 쓰는 동안 생각했어. 마지막엔 너에게 꼭 편지를 쓰겠다고.

지금 네가 있는 곳은 어디니? 내가 있는 곳은 비가 와. 횡단보도도 나무 위 새들도 공평하게 젖고 있어. 우산을 써도 모든 빗방울을 막을 수 있는 건 아니어서 옷이 조금 젖었네. 그러다 네 생각을 했어. 혹시나 너도 어디선가 비를 맞으며 걷고 있지 않을까 싶어서. 막으려 해도 다 막을 수 없는 빗방울을 피부로 느끼면서.

먼저 고맙다는 말을 하고 싶어. 오늘 하루도 살아 줘서. 신발을 신고 세상 밖을 나섰다가 다시 무사히 돌아와 줘서. 아무것도 아닌 하루가 얼마나 고단한지 나는 잘 알고 있어. 네가 하는 생각이 결코 가볍지 않다는 것도. 그 많은 생각을 견디느라 수고했어.

부탁 하나만 해도 될까? 어둠 속에서 손을 내밀었는데 아무도 그 손을 잡아 주지 않았다면, 그래서 모든 걸 그만두고 싶다면 네 마음을 세 번만 소리 내서 말해 줄 수 있어? 그럼 내가 그 이야기를 들을게. 당장 손을 잡아 줄 수는 없더라도, 곁에 있을 수는 없더라도 내가 그 말을 들을게. 네가 말하면 내가 괜찮아, 괜찮아, 잘했어, 잘했어, 계속 말해 줄게.

언젠가 우리가 만날 수 있는 날이 올까? 나는 그날이 왔으면 좋겠어. 나는 너의 기척을 느껴 왔거든. 아주 오랜 시간 너의 목소리를 듣고 싶어 했거든. 그러니까 나와 이 세상에 있어 줘. 내가 너를 느낄 수 있게.

2024년 1월
다연이가

창비청소년시선 46
햇볕에 말리면 가벼워진다

초판 1쇄 발행 • 2024년 1월 12일
초판 2쇄 발행 • 2024년 10월 15일

지은이 • 정다연
펴낸이 • 황혜숙
편집 • 한아름 박문수
펴낸곳 • (주)창비교육
등록 • 2014년 6월 20일 제2014-000183호
주소 • 04004 서울특별시 마포구 월드컵로12길 7
전화 • 1833-7247
팩스 • 영업 070-4838-4938 / 편집 02-6949-0953
홈페이지 • www.changbiedu.com
전자우편 • contents@changbi.com

ⓒ 정다연 2024
ISBN 979-11-6570-239-7 44810

* 이 책 내용의 전부 또는 일부를 재사용하려면
  반드시 저작권자와 (주)창비교육 양측의 동의를 받아야 합니다.
* 이 책은 서울특별시 서울문화재단
  '2024년 창작집 발간지원 사업'의 지원을 받아 발간되었습니다.
* 책값은 뒤표지에 표시되어 있습니다.